POËME

SUR

LA VIE ET LES MYSTERES

DE

N·S·JESUS-CHRIST·

DEDIÉ AU ROY

Par une Religieuse Carmelite.

A PARIS,

Chez la Veuve RAIMOND MAZIERES & JEAN-BAPTISTE
GARNIER, ruë SaintJacques, à la Providence.

M. DCCXXIV.

AVEC APPROBATION ET PRIVILEGE DU ROI.

EPISTRE

AU ROY.

IRE,

Si j'ose porter jusqu'aux pieds du Trône de VOTRE MAJESTE' ce petit Ouvrage que l'amour de la Religion m'a inspiré, c'est la grande idée que tout le Royaume a conçuë de votre pieté, SIRE, qui m'en donne la hardiesse. Tandis que les Vertus Royalles de VOTRE MAJESTE' attirent l'admiration de tout l'Univers, nos plus profondes retraites sont consolées & édifiées par le recit de Vos Vertus veritablement Chrétiennes ; c'est pour leur rendre hommage, SIRE, que je prends la liberté de Vous presenter un Poëme de devotion : les sublimes veritez qu'il renferme meritent toute l'attention de VOTRE MAJESTÉ ; mais la maniere dont je les traite, a grand besoin de Votre indulgence. Pardonnez à mon zéle, SIRE, & permettez-moi de joindre à tant de vœux secrets, que j'offre tous les jours à Dieu pour VOTRE MAJESTÉ, ce témoignage puplic du profond respect avec lequel j'ai l'honneur d'être,

SIRE,

DE VOTRE MAJESTÉ,

La tres-humble, tres-obéïssante, & tres-fidelle sujette & servante ***.

POËME

SUR LA VIE ET LES MYSTÈRES

DE

N. S. JESUS-CHRIST.

CHANT PREMIER.

Uvrez, Seigneur, ouvrez ma bouche à vos
louanges :
Et si j'ose chanter le Cantique des Anges,
Daignez le pardonner à ces transports d'a-
mour,
Qu'inspire à vos enfans l'éclat d'un si beau jour.
Ces Esprits glorieux, si dignes interprètes
Des Oracles du Ciel qu'annonçoient les Prophetes,

A

Nous apprennent qu'un Dieu conçû dans la clarté,
Que le Pere des temps & de l'eternité,
Le Prince de la paix & l'auteur de la vie
Vient de naître, Ifraël va donc voir fon Meffie ;
Aux mortels languiffans Dieu-même vient s'unir,
Il vient & partager nos maux & les finir,
Profond abaiffement de la grandeur fuprême :
O myftere d'amour, glorieux à Dieu-même !
Son Fils & fon égal eft fon Prêtre aujourd'hui,
Et porte à fes Autels des vœux dignes de lui.
Ouvrez temple du Ciel, vos portes éternelles,
Coulez *fleuves de paix*, pour les ames fideles,
Des foupirs que les Saints ont pouffez tant de fois
L'efprit qui les forma vient d'entendre la voix.
Le CHRIST fans rabaiffer fa nature divine,
Reconnoit de David tirer fon origine :
Et ce Roi fi cheri, ce Roi felon fon cœur,
Parmi fes defcendans conte fon Créateur.
Conçû de l'efprit faint, né d'une Vierge pure,
Lui feul de l'univers peut guérir la bleffure.
Comme tous en Adam meurent dès le berceau,
Tous en ce Dieu naiffant renaiffent de nouveau.

    A peine a-t'il paru dans l'ingrate Judée,
Qu'une Etoile l'annonce aux Rois de la Chaldée,
Qui fuivant de concert cette douce clarté,
Offrent les premiers vœux de la Gentilité ;
Du Dieu qui naît pour eux reconnoiffant l'empire,
Ils prefentent de l'Or, de l'Encens, de la *Mirhe* ;
Mais leurs cœurs pénetrez d'une amoureufe foi,
Sont les dons les plus chers à cet aimable Roi.

Que sa créche pour nous a de magnificence :
Que ne nous dit-il point dans son sacré silence ?
Qu'il cache de pouvoir sous ses foibles dehors,
Et que sa pauvreté nous ouvre de tréfors !
Où suis-je ? quel objet à mes yeux se presente ?
Du Pontife éternel je vois la chair sanglante ;
Sous les coups douloureux de ce cruel couteau,
Pour sauver l'univers il prend un nom nouveau,
Du sang qu'il doit répandre, adorables prémices,
Qui sauvant le coupable à l'horreur des supplices,
Arrachent de son cœur par un bienfait plus doux
Tout ce qu'eût foudroyé le celeste couroux.
Quel spectacle, mortels : quand la foi le contemple,
En qualité d'hostie un Dieu vient dans son temple.
L'arbitre des humains, le grand Legislateur,
Des loix qu'il imposa veut subir la rigueur.
Le Redempteur de tous souffre qu'on le rachete,
Sa Mere se soumet à la loi qui l'excepte,
Et le pieux excès de son humilité
Donne un nouvel éclat à sa Virginité.
Un vieillard plein de foi, dont l'innocente vie
S'exhaloit en desirs qui hâtoient le Messie,
Le reconnoît, l'adore, & transporté d'amour,
Dédaigne de survivre à cet auguste jour.
O jour pour Israël d'éternelle mémoire !
Triomphez, ô Sion, celebrez votre gloire ;
Et vous Peuples, sortez des ombres de la mort,
Et venez prendre part à son bienheureux sort.

CHANT SECOND.

Il vient ce Dieu fidéle autant que redoutable,
Qui promit à David un empire immuable.
Un cruel étranger, esclave des Romains,
Des Princes de Judà tient le sceptre en ses mains :
Tous les Juifs sont en pleurs, leurs harpes sont muëttes,
Et depuis cinq cent ans ils n'ont plus de Prophêtes :
Sans secours, sans conseils, sous de si durs vainqueurs,
Leur Etat se divise aussi bien que leurs cœurs :
Chaque homme ambitieux se fait chef d'une secte,
Du venin de l'erreur Jerusalem s'infecte.
Mais le Ciel se déclare, & du fond des déserts
Le précurseur du CHRIST éclaire l'univers.
Préparé par les croix, pénitent dès l'enfance,
Miracle de ferveur autant que d'innocence ;
Et dans son ministere il paroit si divin,
Qu'on offre de lui rendre un honneur souverain.
Mais ce piége flatteur pour lui n'est pas à craindre,
Devant le vrai soleil cet astre va s'éteindre ;
Du VERBE qu'il annonce il reconnoit les droits,
Et confesse humblement qu'il n'en est que la voix.
Tout vole aux cris perçans de ce nouvel Elie,
Il montre au doigt l'Agneau qui nous reconcilie,
Et qui du monde entier portant l'iniquité,
Ne perd rien de son rang ni de sa pureté.
C'est lui qui du salut nous doit tracer la route,
C'est le fils que le Pere ordonne qu'on écoute.
Son adorable voix retentit sur les eaux,
Le Saint-Esprit descend sous des signes nouveaux ;

Il montre à l'univers son véritable Maître,
JESUS-CHRIST nous enseigne, & JEAN va disparoître.
Conçû dans les spendeurs de sa divinité,
Des secrets qu'il y voit de toute éternité,
Il dispense à son choix les brillantes lumieres,
Et révele aux mortels les sublimes mysteres:
Trois personnes en Dieu conservant l'unité,
Ses divers attributs & sa simplicité,
Pour les cœurs endurcis ses rigueurs éternelles,
Et le bonheur sans fin, partage des fideles;
Quoiqu'il leve pour nous les voiles de la loi,
Il n'ôte pas encore les ombres de la foi :
Il sort de ce nuage un rayon de la gloire,
qui convainque notre esprit, le détermine à croire,
Et l'humaine raison préfere à la clarté
De ce don précieux la sainte obscurité.
Quand l'homme à son triomphe oppose des obstacles,
JESUS à ses leçons ajoûte des miracles.
La nature soumise à son premier moteur
Change tous les effers au gré de son auteur :
Mais comme il nous apporte une loi de clémence,
Sa bonté se fait voir autant que sa puissance.
Il éclaire des yeux fermez dès le berceau,
Il rappelle des morts de la nuit du tombeau:
Il affermit les pas de celui qui chancele,
Fait répondre le sourd à la voix qui l'appelle;
Fait parler les muets, nourrit les affamez
D'alimens dans les airs nouvellement créez :
Il arrête le cours des ondes fugitives,
Elles sont sous ses pas plus fermes que leurs rives:

Il parcourt la Judée en répandant ses dons,
Il guérit les lepreux, il chasse les démons.
Mortels, qu'il vous annonce une morale pure!
Que ses hautes leçons étonnent la nature!
Renoncer à soi-même, aimer ses ennemis,
Quitter les biens presens pour ceux qui sont promis,
Des honneurs, des plaisirs mépriser tous les charmes,
Contre ses passions veiller, prendre les armes.
Mais que pour accomplir des preceptes si saints
Il donne des secours inconnus aux humains!
Combien dans ses vertus d'exemples efficaces!
Pour adoucir les loix quel déluge de graces!
De quiconque l'implore il surpasse les vœux,
Et les cœurs revoltez sont les seuls malheureux.
Il ouvre à ces ingrats des entrailles de pere,
Il pleure leur malheur comme une tendre mere.
Sauver tout l'univers c'est son soin, c'est son but,
Mais aux Juifs les premiers il offre le salut,
Et pour tant de bienfaits que lui doit sa Patrie,
Quelle reconnoissance? on attente à sa vie
L'orgueilleux *Pharisien*, si puissant dans l'Etat,
De ses hautes vertus ne peut souffrir l'éclat.
Il arme contre lui les fureurs de l'envie,
Sa haine à l'interêt pour l'opprimer se lie.
O crime! Et cependant ô grace du Seigneur!
De ce crime coula la source du bonheur.

CHANT TROISIE'ME.

JESUS par la souffrance a commencé sa course,
Et son amour pour nous, de ses douleurs la source

En approchant du terme augmente son ardeur,
Il devance le fer qui doit percer son cœur,
Il prévient des bourreaux l'injuste violence,
Et voyant tout possible à sa magnificence,
Il s'immole lui-même en son dernier repas,
Pour nous être présent même après son trépas.
Si-tôt qu'il s'est donné dans ce profond mystere,
Il va se préparer aux horreurs du Calvaire,
Et le crime commis dans le premier Eden,
Commence à s'expier dans un nouveau jardin.
Là JESUS abandonne à l'amére tristesse
Ce cœur, trône paisible, où regne la sagesse,
Et de ses passions soulevant tous les flots,
Du sang qu'il a sué voit couler des ruisseaux.
Son ame souffre autant qu'elle a de connoissance,
Et comme elle est unie à sa divine essence,
Qu'elle voit à la fois toute sa sainteté,
Et des péchez commis toute l'énormité.
La lumiere de gloire aux Saints délicieuse
Et cruelle au Sauveur autant que précieuse:
Les rayons destinez à béatifier
Brillent dans ses tourmens pour le crucifier.
Le Pere inexorable exerçant sa justice,
A l'amour de son fils mesure son supplice.
Il souffre autant qu'il aime, un Dieu tant offensé,
Et voyant l'avenir comme il voit le passé,
Et tant de réprouvez à ses desseins contraires,
Que tout ingrats qu'ils font il nomme encore ses freres:
Pleurant sur chacun d'eux en payant leur rançon,
A tous jusqu'à Judas il offre le pardon.

Un infolent baifer qu'il reçoit de ce traître,
Eft le fignal qu'on donne aux foldats du Grand-Prêtre.
Mais avant que JESUS fouffre leur attentat,
De fa vertu divine on entrevoit l'éclat :
D'un feul mot qu'il prononce il 'abbat la cohorte,
C'eft l'amour qui le livre ; & fa chaîne eft fi forte
Qu'elle feule l'attire & l'attache à la croix,
Son humanité fainte en foutient tout le poids,
Et fa Divinité qui cache fa préfence,
Eft dans celui qui fouffre, & non dans la fouffrance,
Et laiffe juftemenr *le plege* des pécheurs
Eprouver des méchants les injuftes rigueurs,
Les foüets déchirans, les foufflets, les injures,
La foif, la nudité, les cruelles tortures ;
Tout ce que peut la rage avec l'impieté,
Par les Juifs fur leur Roi vient d'être exécuté.
O Vous, qu'un faint refpect immole à la fouffrance,
Victime fans défaut, prodige de conftance,
Offrez-vous à ce Dieu couvert d'infirmités,
Et payez-lui l'honneur de l'avoir enfanté !
On eût d'une autre mere épargné la tendreffe,
Mais la Mere d'un Dieu doit aimer fans foibleffe ;
Et fon cœur fçaura vaincre en ce terrible jour
Et la terre, & l'enfer, & la mort, & l'amour.
Pour ce crime inoüi tous les crimes s'affemblent.
Que le foleil pâliffe, & que les poles tremblent ;
Que le monde ébranle jufqu'en fes fondemens,
Périffe aux yeux d'un Dieu qui meurt dans les tourmens
En voyant éclipfer fa lumiere immortelle,
L'univers doit rentrer dans la nuit éternelle,

Et

Et détester aſſez ſes infâmes bourreaux,
Pour les enſevelir dans l'horreur du cahos :
Tout confondre à l'inſtant dans les choſes humaines,
Et laiſſer les enfers ſeuls témoins de ſes peines.
Mais que dis-je ? le Ciel deſarme ſa fureur.
A l'aſpect d'un trépas qui me ſaiſit d'horreur ;
L'impieté barbare en a fait un ſupplice,
Mais le plus tendre amour en fait un ſacrifice.
Celui qui du néant a pû ſeul nous tirer,
Par un plus grand effort vient de nous reparer.
Pour appaiſer un Dieu, c'eſt un Dieu qui s'immole
Ces fragiles mortels créez par ſa parole
Et rendus par le crime eſclaves des enfers,
A la voix de ſon ſang vont en briſer les fers.
    Cedez, retirez-vous impuiſſantes victimes,
Qui ſans les effacer nous reprochiez nos crimes,
Nous poſſedons le bien que vous aviez promis,
Dieu n'agréoit en vous que l'ombre de ſon Fils ;
Et puiſque ſous la loi cette imparfaite image
Arrêtoit ſa colere & ſuſpendoit l'orage,
Combien plus ce Fils-même, holocauſte éternel,
Nous doit-il obtenir un pardon ſolemnel ?
Avec quelle ſplendeur rétablir l'alliance
Que perdit l'homme ingrat en perdant l'innocence ?
De ce Dieu mort pour nous nous exerçons les droits,
Et ſous un chef ſi grand tous les ſujets ſont Rois.
L'enfer n'a pas long-temps joüi de ſa victoire,
Le Sauveur couronné d'une éternelle gloire,
Reſſuſcite immortel, ſort tout Dieu du tombeau,
La mort n'éteindra plus cet éternel flambeau ;

Par fon propre triomphe elle abbat fon Empire,
Du coup qu'elle a porté fa tyrannie expire,
Er fes fombres cachots s'ouvrent à la clarté
Dont le Ciel tient fa gloire, & fa felicité.
  Sortez des longues nuits qui cauferent vos peines,
Captifs, montez au trône en fortant de vos chaînes,
Suivez du Redempteur les pas majeftueux,
L'amour vous doit placer fur fon char lumineux,
Le Ciel qui fe difpofe à fa fuperbe entrée,
Forme un acte triomphal dans fa voute affûrée,
Et par toutes les voix de fes divins heros
Annonce de fon Roi la gloire & le repos:
La terre en ce beau jour redoublant fa parure,
Eft comme un vafte autel qu'a dreffé la nature.
Que d'encens précieux, que de douces vapeurs!
L'émail & les parfums de tant d'aimables fleurs
De leurs charmes divers à JESUS font hommage,
Et naiffent à l'envi pour orner fon paffage:
Il accorde à la terre un affez long féjour,
Pour ranimer des fiens le courage & l'amour;
Pour leur developper fes defleins, fes myfteres,
Et finir des douleurs auffi juftes qu'ameres.
Mais fon Trône l'attend, & le Ciel eft jaloux
De le voir immortel s'arrêter parmi nous.
Déja de fon Palais les portes font ouvertes,
La célefte Sion va reparer fes pertes.
Les affranchis d'un Dieu fuivent fes pas vainqueurs,
Triomphent avec lui, fe mêlent aux neuf Chœurs,
Regnent dans le féjour de paix & de loüanges,
Sont l'adorable chef des hommes & des Anges,

Qui comble tous leurs vœux par ses regards divins,
Et couronne ses dons en couronnant ses Saints.

CHANT QUATRIÈME.

JESUS répand du Ciel les immenses richesses,
Il n'a pas dans sa gloire oublié ses promesses.
Si nous sommes absens de ce Dieu Redempteur,
Il nous donne en sa place un Dieu consolateur,
Le principe éternel de la nouvelle vie,
Que le Baptême opere, & qui nous déifie ;
Qui par les doux effets de son sublime feu
Unit le cœur de l'homme avec le cœur de Dieu.
Les plus heureux rapports forment cette alliance,
Dieu cherche à s'épancher, l'homme est un vuide immense,
Qui Roi de l'univers ressent sa pauvreté,
Tant qu'il n'est pas rempli par sa divinité,
   Des feux comme des vents l'effet prompt & sensible
Marque de l'Esprit Saint la descente invisible ;
Tout le Peuple ébloüi d'un spectacle si beau,
Accourt pour voir de près ce prodige nouveau.
Les dons si précieux qu'ont reçû les Apôtres,
Le discours du premier qui parle au nom des autres,
Touchent, brisent les cœurs, l'Oracle s'accomplit.
De Juifs & de Gentils l'Eglise se remplit.
O nouvelle Sion, élevez votre tête,
Bientôt le monde entier sera votre conquête :
Vous allez arborer vos sacrez étendars,
Où n'ont pû pénétrer les aigles des Cesars.
Votre nom volera de l'un à l'autre pôle,
Jupiter confondu tombe du Capitole.

Rome change de Maître, & les fiers Empereurs,
En vont ceder l'Empire à ces humbles Peſcheurs.
O Ville que l'erreur a nommée éternelle,
Tu ne la deviendra qu'en devenant fidelle.
Briſe tes Dieux d'argile, abats tes vains Autels,
Ne comptes plus tes Roys parmi les Immortels;
Places-y ces Heros que l'Eſprit Saint enfante.
De leur ſang plein d'ardeur leur Pourpre éteincelante
Eclaire l'univers, va briller dans *les Cieux.*
C'eſt eux qu'un beau trépas éleve au raug des Dieux:
Voilà les Fondateurs que tu dois reconnoître,
Ils tiennent leur grandeur de l'Auteur de leur être.
Ces Aſtres bienfaiſants autant que lumineux,
Du Soleil de juſtice emprurent tous leurs feux;
Par ces ſacrez flambeaux c'eſt lui qui nous éclaire,
Dans ces Ambaſſadeurs c'eſt lui ſeul qu'on révere.
Les ſoupçonneroit-on de diſputer ſon rang,
Quand tu les vois pour lui répandre tout leur ſang?
Ces nouveaux conquerans n'acceptent la couronne,
Que pour en faire hommage à la main qui la donne;
Et des peuples vaincus ne reçoivent les vœux,
Que pour les préſenter au Dieu qui regne en eux.
Ouyre ton large ſein, mere chaſte & féconde,
Egliſe toûjours Vierge, enfantes un nouveau monde.
Fleuve myſterieux creuſes-toi des canaux,
Et ſans te diviſer, diviſe tes ruiſſeaux.
Bel arbre dont la cime atteint au Ciel ſuprême;
Tes rameaux ſont divers, mais ta tige eſt la même.
Quiconque s'en ſepare & veut s'en arracher,
Voit ſa branche flétrir, ſa racine ſécher.

Cruel contre lui-même en déchirant l'Eglise,
Il ne donne la mort qu'au rameau qu'il divise.
Sur la pierre affermie & soumise à Cephas,
Qui l'attaque se brise, & ne l'ébranle pas.
De l'invincible Epoux cette épouse visible
Partage avec son chef le titre d'invincible:
Elle a de ses bourreaux lassé la cruauté,
De l'altiere heresie abattu la fierté.
Tous les siécles ont eû des hidres renaissantes
Et les ont vû tomber sous ses mains triomphantes.
Les Princes de la terre autrefois ses Tyrans,
Par la bonté divine aujourd'hui ses enfans,
Trouvent dans ce beau nom leur plus solide gloire,
C'est lui qui rend le leur d'éternelle memoire.
Mais entre ces heros dont la grace a fait choix,
Le Ciel en a-t'il vû qui ne cede à nos Rois?
Quelqu'autre de l'Eglise embrassant la défense,
Egala-t'il leur zéle & leur magnificence?
Ont-ils eû des sujets, vaincus des ennemis,
Qu'au joug de JESUS CHRIST leur foi n'eût pas soumis?
Des monstres si cruels dont l'erreur est suivie,
Ils purgerent la terre à leur Trône asservie,
Et tant de noirs poisons par les enfers vomis,
De leurs sombres vapeurs n'ont pû soüiller nos lis.
O Dieu qui les voyez d'un œil de complaisance,
Et qui d'un JEUNE ROI, notre unique esperance,
Avez fait un rampart pour votre vérité,
Courronné des rayons de votre sainteté,
Nous honorons en lui les traits de votre image;
Béniffez-le, Seigneur, conservez votre ouvrage.

Les honneurs, les plaisirs pour l'éblouïr d'accors,
Ne peuvent des vertus lui cacher le tréfor ;
Il ouvrit dans leur sein sa brillante carriere,
Chaque jour dans son cœur augmente la lumiere :
Né d'un Pere assez saint pour avoir des Autels,
Et qu'ont trop tôt ravi vos decrets éternels.
Quelles graces du Ciel n'a-t'il pas droit d'attendre ?
O Dieu, qui donnez tant à qui sçait tout vous rendre !
Notre Prince est à vous, il entend votre voix,
Et nous aurons en lui le modéle des Rois.

APPROBATION.

J'Ai lû par ordre de Monseigneur le Garde des Sceaux un Manuscrit intitulé, *Poëme sur la Vie & les Mysteres de Jesus-Christ.* Fait à Paris ce 15. Janvier 1724.

ROBUSTE.

PRIVILEGE DU ROI.

LOUIS, par la grace de Dieu, Roi de France & de Navarre : A nos amez & feaux Conseillers les Gens tenans nos Cours de Parlement, Maîtres des Requêtes ordinaires de notre Hostel, grand Conseil, Prévôts de Paris, Baillifs, Sénechaux, leurs Lieutenans civils, & autres nos Justiciers qu'il appartiendra, SALUT. Notre bien-amé le sieur * * *. Nous ayant fait supplier de lui accorder nos Lettres de Permission pour l'impression d'un Ouvrage qui a pour titre, *Poëme sur la Vie & les Mysteres de Notre-Seigneur Jesus-Christ*, qu'il souhaiteroit faire imprimer & donner au Public ; Nous avons permis & permettons par ces Presentes audit sieur. * * * de faire imprimer ledit Livre en telle forme, margé, caractere, en un ou plusieurs Volumes, conjointement ou feparément, & autant de fois que bon lui semblera ; & de le faire vendre & débiter par tout notre Royaume pendant le temps de trois années consécutives, à compter du jour de la date desdites Presentes. Faisons défenses à tous Libraires im-

primeurs & autres personnes de quelque qualité & condition qu'elles soient,
d'en introduire d'impression étrangere dans aucun lieu de notre obéissance ;
à la charge que ces Presentes seront enregistrées tout au long sur le Registre
de la Communauté des Libraires & Imprimeurs de Paris, & ce dans trois
mois de la date d'icelles ; que l'impression de ce Livre sera faite dans notre
Royaume, & non ailleurs, en bon papier & en beaux caracteres conformément aux Réglemens de la Librairie ; & qu'avant que de l'exposer en
vente, le manuscrit ou imprimé qui aura servi de copie à l'impression dudit
Livre, sera remis dans le même état où l'Approbation y aura été donnée
és mains de notre tres-cher & féal Chevalier Garde des Sceaux de France,
le sieur Fleuriau Darmenonville ; & qu'il en sera ensuite remis deux Exem-
plaires dans notre Bibliotheque publique ; un dans celle de notre Chateau
du Louvre, & un dans celle de notre dit tres-cher & féal Chevalier Garde
des Sceaux de France, le sieur Fleuriau Darmenonville, le tout à peine
de nullité des Presentes. Du contenu desquelles vous mandons & enjoignons
de faire joüir l'Exposant ou ses ayant cause pleinement & paisiblement sans
souffrir qu'il leur soit fait aucun trouble ou empêchement. Voulons qu'à
la copie desdites Presentes, qui sera imprimée tout au long au commence-
ment ou à la fin dudit Livre, foi soit ajoûtée comme à l'Original ; com-
mandons au premier notre Huissier ou Sergent de faire pour l'exécution
d'icelles tous Actes requis & nécessaires sans demander autre permission,
& nonobstant clameur de Haro, Charte Normande & Lettres à ce contraires. CAR TEL EST NOTRE PLAISIR. Donné à Paris,
le vingtiéme jour du mois de Janvier, l'an de grace mil sept cens vingt-
quatre, & de notre Regne le neuviéme. Par le Roi en son Conseil

DE S. HILAIRE.

Registré sur le Registre V. de la Chambre Royale & Syndicale de la Librairie & Imprimerie de Paris, N. 746. fol. 443. conformément aux Reglemens
de 1723, qui fait défenses art. IV. à toutes personnes de quelque qualité &
condition qu'elles soient autres que les Libraires & Imprimeurs de vendre débiter & faire afficher aucuns Livres pour les vendre en leurs noms, soit qu'ils
s'en disent les Auteurs ou autrement, & à la charge de fournir les Exem-
plaires prescrits par l'Article CVIII. du même Reglement. A Paris, ce 4.
Fevrier. 1724.

Signé BALLARD, Syndic.